Les douze travaux d'Hercule

Ce livre est imprimé sur du papier issu de forêts gérées durablement.

Loi n° 49-956 du 16 juillet 1949 sur les publications destinées à la jeunesse, modifiée par la loi n° 2011-525 du 17 mai 2011.
ISBN 978-2-09-258894-9
N° éditeur : 10292987 – Dépôt légal : mars 2019
Achevé d'imprimer en mai 2023
par Laballery (58500 Clamecy, Nièvre, France)
N° d'impression : 304346

PETITES HISTOIRES DE LA
MYTHOLOGIE

Les douze travaux d'Hercule

Hélène Montardre

Nathan

CHAPITRE 1

COUP DE FOLIE...

– Versez-moi à boire ! crie Hercule. De ce bon vin de Samos au parfum de soleil !

Il brandit une coupe et un serviteur se précipite. Quelques gouttes aspergent le voisin d'Hercule, qui éclate de rire en lui tapant sur l'épaule.

Ils sont nombreux à festoyer autour du fils de Zeus, le roi des dieux ; si nombreux qu'on ne compte plus les volailles et les moutons qui tournent sur des broches au-dessus des feux. Ils dévorent la viande ; ils picorent des légumes disposés dans des plats ; ils piochent des fruits dans de grands paniers; leurs doigts dégoulinent du miel des gâteaux qu'ils enfournent avec délices.

Et ils boivent.

Installées à l'écart, les femmes parlent entre elles en dégustant les mets qu'on leur apporte. Autour, les enfants jouent.

Et le rire d'Hercule jaillit, toujours plus haut, toujours plus fort.

Soudain, il sent un voile descendre sur ses yeux. Il porte sa main à son front, se lève, chancelle, tourne sur lui-même.

– Mon arc, marmonne-t-il. Où est mon arc?

Il l'aperçoit enfin, posé dans un coin. Il titube, s'empare de l'arme, tend la corde, place une flèche.

Les autres l'observent. Tous croient qu'il s'agit d'un jeu, d'une farce destinée à les amuser.

La première flèche jaillit, rapide, efficace, précise.

Elle trouve immédiatement sa cible: une femme qui s'écroule sans une plainte.

Une deuxième flèche se plante dans le cœur d'un enfant qui glisse au sol, les yeux grands ouverts déjà ternis.

Une troisième flèche est tirée, et un deuxième enfant tombe.

Une quatrième : un troisième enfant rejoint les trois premières victimes.

Tout est allé très vite. Nul n'a eu le temps d'intervenir. Un silence de mort règne sur la scène.

Hercule ne voit rien.

Il passe et repasse sa main sur ses yeux comme pour en ôter quelque chose. Impossible.

Il finit par s'allonger sur le sol et il s'endort.

Quand Hercule se réveille, il apprend la terrible nouvelle. La femme que sa première flèche a tuée, c'est Mégara, son épouse chérie. Les trois enfants sont ses fils. En quelques secondes, il a anéanti la famille qu'il aimait tant.

– Pourquoi ? Pourquoi ? hurle-t-il.

– Un coup de folie, murmure-t-on.

– Envoyé par Héra, l'épouse de Zeus, dit quelqu'un.

– Mais pour quelle raison?

– Zeus l'a trompée avec Alcmène, la mère d'Hercule. Héra ne lui a jamais pardonné et elle déteste Hercule.

– Alors, c'est une vengeance terrible...

Les jours passent.

La vie n'a plus ni parfum ni saveur. Hercule reste prostré dans le recoin le plus sombre de sa maison.

– Je vais inspecter mes champs. Accompagne-moi! propose un voisin.

Il refuse.

– Je pars en voyage. Viens avec moi! offre un ami.

Il refuse. Même s'il a agi sous le coup de la folie, il est un meurtrier et sa vie n'a plus de sens.

– Pourquoi n'irais-tu pas consulter l'oracle de Delphes? suggère une vieille servante. Si tu demandes au dieu comment te purifier, il te répondra sans doute.

Hercule tourne et retourne cette idée dans sa tête. Un matin, il se lève, franchit le seuil de sa maison. Ses yeux clignent sous le soleil. Il a perdu l'habitude de la lumière du jour. Qu'importe, il se met en route.

Vers Delphes.

CHAPITRE 2

AU SERVICE DE SON COUSIN...

Delphes. Hercule remonte de la salle où l'on vient écouter la Pythie. Il est perplexe. La grande prêtresse a prononcé des paroles mystérieuses et il n'a rien compris!

Heureusement, un prêtre traduit les conseils de la Pythie.

– Tu n'oublieras jamais que tu as tué ta femme et tes enfants. Mais tu peux expier ton crime et apprendre ainsi à mieux te connaître. Voici ce que tu dois faire: va à Tirynthe et mets-toi au service du roi, ton cousin Eurysthée, pendant douze années. Il te donnera dix travaux à accomplir; tu devras lui obéir.

Hercule fronce les sourcils. Il n'a aucune estime pour Eurysthée! Son cousin est roi, mais il a peur de tout! Et lui, Hercule, fort et courageux comme il est, devrait se mettre à son service? C'est le monde à l'envers.

– Tu es libre de ton choix, déclare le prêtre. Si tu préfères être poursuivi toute ta vie par la colère des dieux...

Alors, Hercule se met en route.

Quelques jours plus tard, le voilà à Tirynthe où Eurysthée l'accueille. Autant Hercule est grand et fort, autant son cousin est petit et malingre. Mais Hercule est décidé à se plier à la volonté des dieux. Il raconte donc à Eurysthée ce que le prêtre lui a conseillé et conclut:

– Je suis à tes ordres. Ordonne, j'obéirai.

Eurysthée est bien embarrassé. Lui non plus n'aime pas son cousin! À dire vrai, il en a surtout très peur. Tout est tellement démesuré chez Hercule... et on ne sait jamais ce qui va lui passer par la tête! La preuve, son dernier coup de folie a détruit sa famille.

Eurysthée a une autre crainte: Hercule aussi a droit au trône de Tirynthe. Et s'il lui venait l'envie de vouloir prendre sa place, à lui, Eurysthée? Eurysthée se dit alors qu'il tient peut-être là l'occasion de se débarrasser de son encombrant cousin.

– Bien, bien, bien... marmonne-t-il.

– Je veux commencer tout de suite, déclare Hercule.

Soudain, Eurysthée a une idée. Il réplique:

– Pas de problème. Un lion terrorise les habitants de Némée. On le dit invulnérable. Mais toi, tu devrais en venir à bout, non?

Hercule ne répond pas. Il tourne le dos à son cousin et part sur-le-champ pour Némée.

Eurysthée se frotte les mains. On lui a assuré que ce lion était invincible. Il est certain de ne jamais revoir Hercule.

À Némée, la campagne est déserte. Depuis

que le lion rôde, nul n'ose s'aventurer aux champs et les herbes folles commencent à tout envahir.

Hercule marche à grands pas. Il gravit une colline, dévale une pente, se fige.

– Roaaaaarrrr!

Le lion.

La bête rugit encore, deux fois plus fort.

– Roaaaaarrrr!

Hercule s'allonge sur le sol, rampe dans les broussailles. Sur le bord d'un fossé, le roux chatoyant d'une crinière flamboie sous le soleil. L'animal lève la tête vers le ciel.

– Roaaaaarrrr!

Hercule retient son souffle. Adolescent, il a déjà tué un lion dont il porte depuis la dépouille sur la tête et les épaules. Celui-ci est deux fois plus gros; qu'importe! Il ne lui fait pas peur.

«Invulnérable? se dit-il. Pfffff!!! On va bien voir.»

Dans le plus grand silence, Hercule bande

son arc. Une flèche jaillit, ricoche sur le corps de l'animal, tombe sur le sol. Hercule ne se décourage pas. Il tend son arc une deuxième fois, une troisième... Rien à faire. Aucune flèche ne parvient à percer la peau du lion, qui finit par en avoir assez de ces piqûres!

– Roaaaaarrrr!

Il se lève, jette un regard dédaigneux à Hercule et s'en va.

Hercule range son arc, met sa massue sur son épaule et le suit.

Le lion pénètre dans une grotte. Hercule explore les lieux, découvre une seconde entrée à la grotte et la condamne à l'aide d'un énorme rocher.

Puis il pénètre à son tour dans la caverne par la première entrée.

– À nous deux, maintenant, murmure-t-il.

Il s'approche du lion, saisit son cou d'un geste vif et serre.

L'animal se débat, hoquette. Des soubresauts le secouent, sa queue fouette l'air, ses pattes labourent les épaules d'Hercule qui tient bon et ne relâche pas sa prise. Les soubresauts se font moins violents, cessent. Le lion n'est plus qu'un corps lourd, gigantesque et flasque.

Hercule le jette sur ses épaules comme un sac de grains et prend la route de Tirynthe.

– Hercule revient! Il ramène le lion!

Quand il entend ces mots, Eurysthée est terrifié. Par Hercule ou par le lion? Il ne le sait pas lui-même... Ses yeux font rapidement le tour de la pièce. Une énorme jarre de bronze retient son regard. Il n'hésite pas une seconde et plonge à l'intérieur juste au moment où Hercule pénètre dans la pièce.

– Voici ton lion! clame Hercule en jetant l'animal au pied de la jarre.

Eurysthée risque un œil par-dessus le rebord de la jarre. Le lion est mort!

Il se redresse.

– Euh... Hum... Ou... Ou... Ouiiii... bégaie-t-il.

– Que dois-je faire à présent? demande Hercule.

Eurysthée réfléchit à toute allure. Il n'a pas pensé à la suite des travaux! Heureusement, une autre idée lui vient.

– Ce lion a une sœur, explique-t-il. Une hydre, cachée dans les marais de Lerne. Je veux que tu m'en débarrasses.

– Très bien, réplique Hercule.

Il s'apprête à tourner les talons, quand Eurysthée ajoute:

– Dorénavant, abstiens-toi de rapporter ces horreurs ici!

CHAPITRE 3

UN TRAVAIL QUI NE COMPTE PAS !

– Elle a un corps de chien, déclare le premier passant qu'Hercule interroge.

– Et des têtes de serpent, ajoute le deuxième.

– Neuf têtes, précise le troisième.

– Oh! Non! Au moins douze! rétorque le quatrième.

– Bien, tranche Hercule. Cela signifie donc beaucoup de têtes à couper!

– Pas si simple, murmure un vieillard. Tu

coupes une tête, une autre repousse aussitôt... Impossible d'en finir. Sans compter que l'une des têtes est immortelle !

Hercule médite ces paroles. Avant de s'attaquer à l'hydre, il a voulu savoir ce qui l'attendait. Il a bien fait : il comprend que pour venir à bout de ce monstre il faut être deux.

Justement, son neveu Iolaos n'a pas froid aux yeux et il a très envie de se frotter à l'hydre. Quand Hercule lui demande de l'accompagner, Iolaos n'hésite pas.

Les descriptions de l'hydre sont largement en dessous de la vérité. Elle a un corps de chien, mais un chien hideux, à la peau couverte de pustules. Quant aux têtes de serpent, chacune se balance au bout d'un long cou en dardant une langue menaçante et en fixant sur Hercule et Iolaos des yeux couleur de feu.

Combien y en a-t-il ? Impossible de les compter.

Ni Hercule ni Iolaos ne se laissent impressionner. Ils restent à distance tandis que le monstre se dresse de toute sa hauteur au-dessus du marécage de Lerne.

Hercule l'observe un long moment en réfléchissant. Il y a sûrement un moyen de vaincre l'hydre... Enfin il se lève, rassemble du bois et allume un grand feu. Quand il juge le tas de braises suffisant, il y plonge un pieu qu'il tend ensuite à Iolaos.

– Il n'y a qu'un seul moyen d'empêcher les têtes de repousser, explique-t-il, c'est de brûler les plaies. Je coupe, tu brûles.

– Tu coupes, je brûle, approuve Iolaos.

Alors Hercule brandit son épée et s'avance vers l'hydre. Une première tête se penche vers lui. Il la tranche d'un geste sec. Iolaos se précipite, applique le pieu rougeoyant sur la plaie. Aussitôt, le cou se rétracte. Ça fonctionne!

Pendant un long moment, Hercule et Iolaos travaillent côte à côte, sautant, bondissant, courant, et les têtes s'amoncellent sur le sol. Enfin il n'en reste plus qu'une. Hercule la tranche et Iolaos intervient à son tour. Ils croient en avoir terminé, mais Iolaos crie:

– Hercule! Regarde!

Une nouvelle tête est en train de pousser, plus grosse, plus laide que toutes les autres réunies!

Hercule se retourne. Il se souvient alors des paroles du vieillard: l'une des têtes est immortelle. Il brandit une fois de plus son épée, tranche la tête, l'attrape au vol, soulève un énorme rocher, jette la tête dessous, laisse retomber le rocher.

Le corps de l'hydre s'effondre et disparaît à jamais dans les profondeurs du marais.

Quand Hercule se présente devant Eurysthée, celui-ci juge plus prudent de se réfugier à nouveau dans la jarre. Il est très impressionné et très agacé. Il cherche à prendre Hercule en défaut.

– Dis-moi, Hercule, l'interroge-t-il d'une voix doucereuse, tu n'étais pas seul pour accomplir ce travail?

– Iolaos m'a aidé, répond Hercule en toute bonne foi.

– Alors, ça ne compte pas! décide Eurysthée avec un mauvais sourire. Tu me dois dix travaux. Je ne retiens pour l'instant que le lion de Némée. Il t'en reste donc encore neuf!

– Mais... commence Hercule.

– Ne discute pas! Occupe-toi plutôt de cette biche aux bois dorés qui hante les forêts de Cérynie.

Hercule réprime sa colère et tourne les talons.

Une biche aux bois dorés... Il sait très bien à qui elle appartient: à la déesse Artémis! Pas question de la tuer, ni même de la blesser! Artémis serait furieuse et on ne provoque pas la colère d'une déesse! Il ne reste qu'une solution: l'attraper. Mais une biche, cela court vite...

Durant toute une année, Hercule poursuit la biche sans se décourager. Il parcourt les forêts et les montagnes, contourne les étangs. Il sait que l'un d'eux finira par s'épuiser et il parie que c'est la biche.

Pendant ce temps, Eurysthée se frotte les mains. Il se dit que cette fois il a réussi à se débarrasser de son cousin. Il clame à qui veut l'entendre :

– On le croyait invincible ! Ce n'est qu'un gros lourdaud…

Mais Hercule gagne son pari ! Au sommet d'une montagne, au bord d'un lac, la biche hésite, s'arrête pour reprendre son souffle et Hercule en profite pour s'en saisir.

Alors qu'Hercule pénètre dans le palais, Eurysthée n'a que le temps de sauter dans sa jarre. Hercule dépose au pied du vase un gros paquet : un filet qui emprisonne la biche de Cérynie. Intacte.

– Et de deux ! tonne Hercule. Et maintenant, que veux-tu ?

CHAPITRE 4

JUSQUE DANS LA NEIGE...

– Un lion, une hydre, une biche... et maintenant, un sanglier ! maugrée Hercule en quittant Eurysthée. Vais-je devoir nettoyer ce pays de tous les animaux qui se promènent dans ses forêts ?

Plus personne n'ose s'aventurer sur le mont Érymanthe depuis qu'un énorme sanglier y séjourne. Pourtant, lorsque Hercule s'engage sous les arbres, une ombre balaie le sentier devant lui. Quatre jambes, un torse, une tête hirsute... Hercule s'arrête net.

Un centaure se dresse devant lui.

– Bonjour, voyageur, mon nom est Pholos, se présente le centaure. Si tu as faim, tu es le bienvenu, tu peux partager mon repas. Ma caverne est à deux pas.

Hercule accepte avec d'autant plus de plaisir qu'un délicieux fumet lui chatouille les narines. Aucun doute: leur repas est déjà en train de grésiller au-dessus des braises!

Les voilà tous deux en train de dévorer un rôti, quand Hercule réclame:

– Ta viande est délicieuse, Pholos, mais elle donne soif. N'aurais-tu pas un peu de vin?

– Je suis désolé, répond Pholos. Je n'ai que cette eau bien fraîche.

– Et cette jarre, là-bas? reprend Hercule en désignant le fond de la caverne.

– Elle ne m'appartient pas, explique Pholos. Elle est à la communauté. Je ne peux te la proposer.

– Si elle est à la communauté, elle est aussi à toi, décide Hercule.

Il se lève, ouvre la jarre, la lève au-dessus de sa tête et avale une bonne rasade.

– Ce vin est délicieux! affirme-t-il.

– Évidemment qu'il est délicieux! tonne un chœur de voix derrière lui.

Hercule se retourne.

Une dizaine de centaures l'observent et ils n'ont pas l'air contents du tout.

– Nous gardions ce vin pour une occasion spéciale! clame l'un d'eux.

– Euh... Je suis une occasion spéciale... commence Hercule.

Il n'a pas le temps d'en dire plus. Les centaures se jettent sur lui et il n'a plus qu'à se défendre. Les coups pleuvent, il riposte. Un centaure s'écroule, un autre, un autre encore. Enfin, Hercule secoue ses mains endolories.

– Ouf! soupire-t-il. Après une telle bagarre, capturer le sanglier d'Érymanthe et le ramener à Tirynthe sera un jeu d'enfant!

Pas si simple! La neige se met à tomber en abondance. Hercule erre seul dans le froid, cherchant les traces de l'animal. Il les trouve, mais le sanglier l'entraîne au plus profond de la forêt, loin du monde des hommes.

Un jour enfin, au plein cœur de l'hiver, Hercule le rattrape et le poursuit dans la neige jusqu'à ce que, épuisé, l'animal se laisse tomber au pied d'un arbre. Il lui lie les pattes, le hisse sur ses épaules et entreprend le long trajet de retour à Tirynthe.

– Tu connais Augias ? demande Eurysthée du fond de sa jarre.

– Le fils d'Hélios, le dieu Soleil ? l'interroge Hercule.

– Lui-même. Il a les plus belles écuries du monde, mais elles n'ont jamais été nettoyées. Elles sont si sales qu'il ne peut plus les utiliser !

– Et alors ?

– Alors, c'est ton prochain travail : nettoyer les écuries d'Augias. Mais attention, tu ne disposes que d'une journée. Tu commenceras à l'aube, et au crépuscule tu devras avoir terminé.

Eurysthée a raison. Les écuries d'Augias sont absolument dégoûtantes. Hercule examine les lieux en fronçant le nez. Car en plus, ces écuries sentent très mauvais!

Qu'importe! Il a aperçu un fleuve, l'Alphée, qui coule non loin de là. Il sait ce qu'il va faire.

Il va trouver Augias et annonce:

– Ce soir, tes écuries seront propres, Augias. Pour la peine, tu me donneras un dixième de ton troupeau. Est-ce que cela te convient?

– Cela me convient, affirme Augias, convaincu qu'Hercule échouera.

Hercule tourne le dos aux écuries et se dirige vers le fleuve. Augias ne comprend pas pourquoi, jusqu'à ce qu'il voie Hercule commencer à creuser. En un rien de temps, il a percé une tranchée qui part des berges du fleuve et arrive aux écuries. Les eaux de l'Alphée s'engouffrent dans la tranchée. Il n'y a plus qu'à ouvrir les portes des écuries et le tour est joué!

Avant le coucher du soleil, les écuries d'Augias ruissellent de propreté.

– Donne-moi mon dû à présent, réclame Hercule.

– Certainement pas! s'exclame Augias. C'est Eurysthée qui t'envoie, il n'a jamais été question de paiement!

– Tu as promis!

– Tu as mal compris...

Hercule a envie de casser la tête d'Augias, mais il se retient. Il s'en va, furieux, et retourne à Tirynthe. Eurysthée est toujours caché dans sa jarre et il a raison! Car la colère d'Hercule redouble quand son cousin déclare:

– Tu as demandé un paiement pour ce travail. Cela ne figure pas dans nos accords. Je ne valide donc pas cette tâche.

– Mais je ne l'ai pas reçu, ce paiement! clame Hercule.

– Ça n'empêche pas. Laisse-moi compter: le lion de Némée, la biche de Cérynie, le sanglier d'Érymanthe, cela ne fait que trois. Tu me dois encore sept travaux.

Et avant qu'Hercule ait le temps de protester, il enchaîne:

– File au lac Stymphale. Les oiseaux y sont

insupportables. Débrouille-toi pour les faire disparaître.

En approchant du lac Stymphale, Hercule est obligé de se boucher les oreilles. Des centaines d'oiseaux sont installés dans un bois près du lac et ils poussent des cris épouvantables.

En chemin, Hercule a trouvé une crécelle égarée. Il la fait tourner à vive allure. Le bruit est encore plus terrible que celui des oiseaux! Effrayés, ceux-ci s'envolent, et Hercule n'a plus qu'à les transpercer de ses flèches.

Eurysthée ne sait plus quoi demander à Hercule. Chaque fois, il croit lui confier une tâche impossible, et son cousin revient triomphant.

Il décide de prendre l'avis d'un conseiller.

– Envoie-le loin, lui murmure celui-ci.

– Où? l'interroge Eurysthée.

– En Crète. Demande-lui de te ramener le taureau du roi Minos. Un tel voyage l'occupera un bon bout de temps... et peut-être périra-t-il en mer?

La mer est calme quand Hercule embarque et le bateau qui l'emporte danse sur les flots au milieu des dauphins. Hercule n'a rien à faire durant la traversée, si ce n'est laisser ses doigts glisser sur l'eau claire.

Le temps a passé depuis qu'il s'est mis au service d'Eurysthée et il a été si occupé qu'il a peu pensé à sa femme et à ses enfants. La Pythie de Delphes savait-elle qu'il en serait ainsi en l'envoyant à Tirynthe?

Quand Hercule débarque en Crète, il est ébloui par la beauté du port et surpris de l'agitation qui y règne. Sans cesse des navires partent et arrivent, chargés de tissu, de grain, de vin ou d'objets précieux.

Il emprunte la route qui mène au palais du roi en se demandant comment Minos va prendre sa requête. On dit que ce taureau est superbe. Pourquoi le roi le lui donnerait-il?

En réalité, Minos est ravi.

– Ce taureau ne m'a apporté que des ennuis! grommelle-t-il. J'aurais dû le sacrifier à Poséidon, mais je ne l'ai pas fait, et depuis il ravage mes récoltes. Si tu réussis à le dompter, il est à toi.

– J'ai vaincu le lion de Némée, l'hydre de Lerne, la biche de Cérynie, le sanglier d'Érymanthe et les oiseaux du lac Stymphale. Ton taureau ne m'effraie pas! affirme Hercule.

Et de fait, le superbe taureau blanc tombe à genoux quand Hercule empoigne ses cornes et lui tord l'encolure.

Dans les rues de Tirynthe, la nouvelle se répand vite.

– Hercule ramène le taureau! Hercule ramène le taureau!

Eurysthée blêmit.

– Fermez les portes de la ville! hurle-t-il.

Il grimpe sur les remparts.

Le taureau caracole dans la poussière, maintenu par la poigne d'Hercule.

– Voici ton taureau! crie Hercule. Ouvre ces portes, que je l'installe dans tes écuries.

– Non, non, c'est inutile! proteste Eurysthée. Je voulais juste le voir. Je n'en ai pas besoin.

– Qu'est-ce que j'en fais, alors?

– Je n'en sais rien, moi! Relâche-le!

– Où?

– Où tu voudras!

Eurysthée est furieux. Il convoque son conseiller.

– Tu m'avais dit qu'il ne reviendrait pas!

– Eh bien, il est revenu... marmonne l'autre.

– Alors, c'est à toi de disparaître! ordonne Eurysthée. Et ne remets jamais les pieds ici!

CHAPITRE 5

POUR LA CEINTURE D'UNE REINE...

– Tu as pensé à la Thrace ? susurre le nouveau conseiller d'Eurysthée.

Eurysthée le regarde sans comprendre.

– La Thrace, poursuit le conseiller, c'est loin ! Et pour s'y rendre, on doit franchir des montagnes. C'est dangereux, les montagnes...

– On m'a déjà dit ça à propos de la mer, grommelle Eurysthée. Qu'y a-t-il en Thrace ?

– Les juments de Diomède.

Eurysthée hausse les épaules. Des juments ! Après un lion ou une hydre !

– Elles sont un peu spéciales, ajoute le conseiller. Elles dévorent les hommes qui les approchent.

– Des juments mangeuses d'hommes! s'exclame Eurysthée.

– Exactement. Demande donc à Hercule de te les ramener!

– On peut essayer, soupire Eurysthée.

Dès l'annonce de son nouveau travail, Hercule se met en route. Le voyage ne l'effraie pas, les montagnes non plus, et les juments dévoreuses d'hommes encore moins. Il en a entendu parler et il a déjà sa petite idée...

Quand il parvient aux prairies du roi Diomède, il s'installe patiemment à l'abri d'un bosquet. Et il attend.

Il attend une nuit sans lune. Il espère que le vent sera tombé. Et il a raison d'espérer! Car c'est exactement ce qui se produit. Drapé dans sa peau de lion, il s'approche doucement. Les juments ne réagissent pas. Elles ne perçoivent pas l'odeur humaine, juste celle de la peau de lion. Hercule entreprend alors de les pousser vers la côte, où il compte les embarquer à bord d'un navire qui les ramènera.

Au matin, dans le palais du roi Diomède, c'est l'affolement.

– Les juments ont disparu! hurlent les gardes. On a volé les juments!

La piste n'est pas difficile à suivre et Diomède expédie son armée à la poursuite d'Hercule. Bientôt, celui-ci perçoit derrière lui le bruit sourd d'une troupe d'hommes en marche. Il lance les juments au galop. Elles n'ont qu'à suivre la route, il les rattrapera plus tard. Et il se retourne.

Un seul homme contre toute une armée?

Et pourquoi pas.

Hercule est partout à la fois. Il se défend et il attaque. Il recule et il se rue en avant. Chaque fois, des adversaires tombent et Hercule ne faiblit pas. Finalement, les derniers combattants préfèrent s'enfuir plutôt que de l'affronter.

Hercule s'accorde un temps de repos, puis

il rattrape les juments et les embarque sur un vaste navire.

– Une troupe de juments arrive! hurlent les soldats qui montent la garde sur les remparts de Tirynthe. Elles galopent! Il y a quelqu'un avec elles. Quelqu'un qui court très vite... C'est... C'est...

Eurysthée n'a nul besoin qu'on lui dise le nom de celui qui court aussi vite qu'un troupeau de juments au galop. Il fait venir celui qui lui a conseillé d'envoyer Hercule chez Diomède et ordonne:

– Ne laisse entrer ces juments dans Tirynthe sous aucun prétexte. Conduis-les sur le mont Olympe. Et restes-y avec elles!

Eurysthée contemple sa fille. Elle se nomme Admète et elle est aussi jolie que sa mère. Il voudrait pour elle le plus beau des cadeaux. Mais quoi? Soudain, une idée lui vient. Il convoque Hercule à qui il énumère:

– Lion de Némée, biche de Cérynie, sanglier

d'Érymanthe, oiseaux du lac Stymphale, taureau de Crète, juments de Diomède: nous sommes à six. Comme tu le sais, l'hydre de Lerne et les écuries d'Augias ne comptent pas...

– Que veux-tu maintenant? l'interrompt Hercule que ce décompte ennuie.

– As-tu entendu parler d'Hippolyté?

– La reine des Amazones?

– Elle-même. On raconte que le dieu Arès lui a offert une ceinture magnifique. Je veux cette ceinture pour la donner en cadeau à ma fille.

– Elle lui ira moins bien qu'à Hippolyté, marmonne Hercule.

– Que dis-tu?

– Rien. Tu auras ta ceinture.

Jamais Hercule n'est parti aussi loin. Le royaume des Amazones se trouve à l'autre bout du monde connu. Pas question d'entreprendre seul un tel voyage. Il demande à son ami Thésée, le roi d'Athènes, de l'accompagner, et s'entoure de quelques compagnons supplémentaires. Mais, le moment venu, il sera seul à agir. Il ne manquerait plus qu'Eurysthée refuse de comptabiliser cette tâche!

Quand Eurysthée voit Hercule s'éloigner, il se frotte les mains. Il est persuadé qu'en confiant ce nouveau travail à son cousin il va être tranquille pendant un bon moment. Et il n'a pas tort.

Hercule est ravi d'avoir des compagnons de voyage et tous sont curieux de découvrir ces Amazones qui ont une drôle de réputation.

– C'est un peuple de guerrières, déclare Thésée. Elles montent à cheval et manient les armes comme les hommes.

– On dit qu'elles sont redoutables, ajoute l'un d'eux. Pour combattre plus facilement, elles se coupent le sein droit!

– Elles conservent le gauche pour nourrir leurs enfants, complète un troisième.

– Les filles seulement! précise Thésée. Si un garçon naît, elles ne le gardent pas.

Hercule les écoute. Il se dit que le monde est décidément plein de curiosités. Des femmes guerrières! L'image d'Admète, la fille d'Eurysthée, lui revient. Elle vit à Tirynthe, dans la partie réservée aux femmes de la maison de son père, et elle n'a pas souvent l'occasion d'en sortir. Il éclate de rire. Que fera Admète de la ceinture d'une reine guerrière?

Hercule, Thésée et leurs compagnons approchent de leur but et ils se demandent comment ils vont être reçus. Les Amazones vont-elles leur fermer leurs portes? Prendre les armes contre eux? Ils ont tort de se poser ce genre de questions. La reine Hippolyté est ravie de les accueillir. Elle envoie une délégation à leur rencontre et les invite à séjourner dans son palais aussi longtemps qu'il leur plaira.

Un banquet est organisé. Puis un autre. Les jours s'écoulent. Un soir enfin, Hercule se décide à dévoiler ce qui les a conduits ici.

– C'est mon cousin Eurysthée, le roi de Tirynthe, qui m'envoie, déclare-t-il. Il a... euh... une requête un peu curieuse. C'est à propos de sa fille, Admète. Il l'adore...

– C'est bien d'adorer ses filles, l'interrompt Hippolyté.

– Euh... Oui... dit Hercule. Il voudrait lui faire un cadeau...

– C'est un bon père, le coupe encore Hippolyté.

– Certainement, reprend Hercule. Pour ce cadeau, il a eu une drôle d'idée...

– Qui t'a conduit jusqu'ici...

– Exactement. C'est ta ceinture...

– Ma ceinture ? répète Hippolyté, surprise.

– Oui. Il... Mon cousin... Eurysthée... Il voudrait offrir ta ceinture à sa fille.

Un léger sourire se dessine sur les lèvres d'Hippolyté.

– C'est un très beau cadeau, murmure-t-elle. Sais-tu d'où me vient cette ceinture ?

– Du dieu Arès, souffle Hercule.

– Exact. Et sais-tu pourquoi il me l'a offerte ?

Hercule secoue la tête.

– Pour garantir ma position de reine, explique Hippolyté.

Hercule reste silencieux. Il a le sentiment que tout est perdu. Mais Hippolyté poursuit:

– Ma position de reine est reconnue par toutes et par tous. Tu peux avoir ce que tu demandes.

D'un geste gracieux, elle dénoue la ceinture et la tend à Hercule.

Celui-ci cligne des yeux, ébloui. Des dizaines de pierres précieuses ornent la ceinture d'Hippolyté, dont la couleur change sans cesse.

– Merci, Hippolyté, murmure-t-il.

Quelques jours plus tard, Hercule et ses compagnons s'apprêtent à reprendre la route. Lorsqu'ils sortent du palais, une foule hostile les attend. On raconte dans la ville qu'ils sont venus enlever Hippolyté ! Et les Amazones sont là, en armes, décidées à défendre leur reine.

Hercule essaie de s'expliquer, mais ne peut éviter le combat. Et c'est en repoussant les guerrières une à une que la petite troupe d'hommes rejoint le bateau qui les ramènera à Tirynthe.

CHAPITRE 6

HERCULE ET HÉLIOS, LE DIEU SOLEIL

Au fond de sa jarre, Eurysthée est ravi et désespéré. Ravi, car la ceinture rapportée par Hercule est plus belle que tout ce qu'il avait imaginé. Désespéré, car il ne sait plus quoi inventer pour éloigner son cousin. Il a renoncé à consulter ses conseillers, mais un voyageur de passage à Tirynthe lui souffle :

– Imagine un autre Hercule.

Eurysthée frissonne. Un autre Hercule ! Ah ! Non, alors ! Quel cauchemar ! Un seul suffit.

– Un autre Hercule avec trois têtes, poursuit le voyageur.

Eurysthée dresse l'oreille. Trois têtes, est-ce que cela signifie trois fois plus fort?

– Absolument, assure le voyageur.

– Et où vit cette merveille? l'interroge Eurysthée.

– Sur l'île d'Érythie, loin vers l'ouest. Ce géant se nomme Géryon. Il a le plus beau troupeau de bœufs que l'on connaisse. Demande à ton Hercule de te ramener ces bêtes.

Hercule marche vers l'ouest. Des jours et des jours durant. Plus il avance, plus il fait chaud. Le soleil brille dans un ciel qui ne s'assombrit jamais. Hercule a si chaud qu'il brandit son arc.

– Hélios, dieu Soleil! Tes rayons me brûlent la peau et le crâne! Calme-toi! Réduis tes ardeurs!

Le Soleil pourrait se vexer. Mais non. Il observe Hercule qui ruisselle de sueur, éclate de rire et déclare:

– Tu m'amuses beaucoup! Tu uses tes

sandales sur ce sol brûlant alors qu'il est si confortable de voyager dans le ciel.

– Confortable, confortable... et réservé à quelques-uns! maugrée Hercule.

– Tu as raison, approuve le Soleil. Mais je peux t'en faire profiter.

– Ah oui? Et comment?

– Comme cela...

Au-dessus d'Hercule ébloui, une immense coupe dorée tournoie dans le ciel avant de se poser juste devant lui.

Il a un mouvement de recul.

– Approche! l'encourage le Soleil. Installe-toi.

Hercule tend un doigt hésitant. Il a peur de se brûler. Mais non... L'or de ce drôle de vaisseau est aussi frais que l'eau d'une source. Il n'hésite plus, enjambe le bord de la coupe, glisse au cœur d'une couche confortable.

– Où va-t-on? l'interroge le Soleil.

– Euh... Sur l'île d'Érythie, répond Hercule.

– Très bien! lance le Soleil, admiratif devant le courage de cet homme.

La coupe dorée glisse sur le sol avant de s'envoler. Du haut de ce moyen de transport inattendu, Hercule contemple les paysages qui défilent sous ses yeux: des déserts, des montagnes, des plaines, des fleuves sinueux, la mer, des îles, la terre... Il est émerveillé. Au bout d'une chaîne de montagnes, il aperçoit à nouveau la mer. La coupe du Soleil perd alors de l'altitude et descend vers une île.

– Te voici arrivé, déclare le Soleil.

– Soleil, je te remercie, lance Hercule.

Il hésite une seconde avant de poursuivre:

– Je ne voudrais pas abuser de ta générosité, mais vois-tu, j'ai un troupeau de bœufs à ramener à Tirynthe et je me disais que ta coupe volante était assez grande pour les accueillir tous...

– Hum... fait le Soleil. Tu parles des bœufs de Géryon, je suppose?

– Exactement.

– Eh bien, si tu parviens à t'en emparer, je te ferai parcourir un bout de chemin. Je reste là et je t'attends.

Fort de cette promesse, Hercule ne perd pas de temps. Il assomme le chien qui garde le troupeau d'un coup de poing. Quant à Géryon, s'il a bien trois têtes, il est loin d'être trois fois plus fort qu'Hercule ! Ce dernier sort vainqueur du combat qui les oppose. Les bœufs suivent sagement Hercule et grimpent, l'un après l'autre, dans la coupe du Soleil.

– Je vous accompagnerai un moment, toi et tes bêtes, annonce le Soleil. Mais ensuite, tu devras te débrouiller seul pour rejoindre Tirynthe.

– Je me débrouillerai, affirme Hercule.

Il est bien content de pouvoir profiter encore de ce moyen de transport. Et quand le Soleil les dépose, lui et les bœufs, au sud d'une grande terre, il le remercie vivement avant de se mettre en route.

Son voyage de retour dure si longtemps qu'à Tirynthe Eurysthée finit par se dire qu'il a gagné la partie : Hercule ne reviendra jamais.

Un matin cependant...

– Eurysthée! Eurysthée! Un troupeau de bœufs marche vers la ville!

Eurysthée retrouve avec lassitude le chemin de la jarre.

– Qu'on les sacrifie à la déesse Héra, soupire-t-il.

CHAPITRE 7

APPRENDRE À SE CONNAÎTRE…

Huit ans ont passé et, selon les comptes d'Eurysthée, Hercule lui doit encore deux travaux. Cette fois-ci, il faut frapper fort et Eurysthée est assez sûr de lui quand il convoque Hercule.

– Des pommes en or, dit-il. Tu en as déjà vu ?

– Non, réplique Hercule. Mais je sais où il y en a.

– Moi aussi ! s'exclame Eurysthée. Dans le jardin des Hespérides.

– Et tu les veux, je suppose ? fait Hercule.

– C'est cela, confirme Eurysthée d'un ton léger.

Les Hespérides sont les filles du Titan Atlas. On sait d'elles qu'elles vivent dans un jardin aux multiples senteurs, situé à la limite du monde connu. Et c'est tout...

Heureusement, Hercule est plein de ressources. Il va trouver Nérée, une divinité de la mer, qui le met sur la bonne voie.

Au terme d'un long voyage, Hercule arrive dans une contrée inconnue. Des monceaux de fleurs dégringolent d'une muraille vertigineuse. Hercule la suit pendant un long moment et se rend à l'évidence: la muraille est infranchissable. Il réfléchit, revient sur ses pas et emprunte un chemin qui le conduit auprès d'un curieux personnage. Il est dix fois plus grand qu'Hercule, il a un genou au sol et il porte sur ses épaules un immense disque d'un bleu changeant. Ce disque, c'est la voûte céleste.

– Bonjour, Atlas, le salue Hercule.

– Bonjour à toi, voyageur, répond Atlas.

Hercule désigne la voûte du ciel qui pèse sur les épaules du Titan.

– N'en as-tu pas assez de subir ce poids, jour après jour, sans jamais bouger?

Le Titan a un profond soupir:

– Pfffff... Si! Mais que veux-tu y faire...

Hercule prend un air engageant.

– Si tu as envie de te dégourdir les jambes, je veux bien te remplacer un petit moment, offre-t-il.

Atlas est ravi de la proposition. Hercule poursuit:

– En échange, pourrais-tu me rendre un service?

– Dis toujours.

– Il paraît que des pommes d'or poussent dans le jardin de tes filles, c'est vrai?

– C'est vrai.

– Je suis curieux de voir ça.

– Nul ne peut entrer dans le jardin des Hespérides, déclare le Titan.

– Sauf toi, glisse Hercule.

– Sauf moi, confirme Atlas.

– Si je prends ta place, tu iras me chercher quelques-unes de ces pommes?

– D'accord! s'exclame le Titan.

Il fait basculer la voûte céleste de ses épaules sur celles d'Hercule, se redresse et s'éloigne en sifflotant.

Hercule attend. Il se dit qu'il a peut-être commis une erreur. Si Atlas ne revient pas, il est coincé là pour l'éternité. Impossible en effet de laisser tomber la voûte céleste!

Mais le Titan revient. Il jongle avec les pommes d'or qui étincellent dans le soleil.

– Voici tes pommes! clame-t-il.

– C'est très gentil à toi, soupire Hercule. Il ne me reste plus qu'à te rendre ton fardeau.

– Oh... Tu accomplis ce travail aussi bien que moi, dit le Titan d'un ton léger. Pourquoi changer? Je me sens bien à aller et venir...

– Je te comprends, assure Hercule, mais il faudrait que tu m'aides juste un instant. Je voudrais nouer un bandeau autour de ma tête pour mieux supporter ce poids. Pourrais-tu reprendre cette voûte pendant ce temps?

– Oui, bien sûr, répond Atlas.

Il pose les pommes d'or sur le sol, s'agenouille et Hercule fait glisser la voûte céleste de ses épaules sur celles du Titan.

Puis il se redresse, s'étire et déclare :

– Ah ! Ça va mieux.

– Noue ce bandeau et installe-toi à nouveau, réclame Atlas.

Hercule éclate de rire.

– Certainement pas ! Je peux m'en aller à présent !

Il ramasse les pommes d'or et s'éloigne. Longtemps, les cris de rage du Titan résonnent dans son dos.

Eurysthée est furieux. Il a l'impression de ne plus quitter sa jarre ! Il clame à qui veut l'entendre :

– Hercule se sort de toutes les situations. Où faut-il l'envoyer pour qu'il ne revienne pas ? Aux Enfers ?

– Excellente idée ! confirme son nouveau conseiller. Demande-lui donc d'aller chercher

Cerbère, le chien aux multiples têtes qui garde l'entrée des Enfers.

Quand il reçoit ce nouvel ordre, Hercule ne bronche pas. Il prend la route des Enfers en songeant à tous les lieux où il s'est rendu et à tous les travaux accomplis. À Némée, il a tué le lion. À Lerne, il s'est débarrassé de l'hydre. En Cérynie, il a capturé la biche aux bois dorés. Sur le mont Érymanthe, il a traqué le sanglier. Puis il a nettoyé les écuries d'Augias, avant de chasser les oiseaux du lac Stymphale. Jusque-là, il ne s'était guère éloigné de Tirynthe. Son premier grand voyage l'a conduit en Crète, d'où il a ramené le taureau de Minos. Puis il y a eu la Thrace et les juments de Diomède, le pays des Amazones pour la ceinture de leur reine, et l'île d'Érythie pour les bœufs de Géryon. Et enfin, le mystérieux jardin des Hespérides et ses pommes d'or.

– Et à présent, un autre monde... Les Enfers, murmure-t-il.

Mais Hercule n'a pas peur.

Il suit un sentier qui s'enfonce profondément sous la terre, dévale une volée de marches, parvient à l'entrée des Enfers. Cerbère est là, enchaîné à un rocher. Hercule évite les têtes menaçantes qui se tendent vers lui en aboyant et poursuit son chemin jusque dans une vaste salle.

Assis sur son trône, le dieu Hadès l'accueille :

– Bonjour, Hercule, je t'attendais.

– Bonjour à toi, Hadès. Tu sais donc pourquoi je suis ici ?

– Je sais aussi que tu n'as pas eu peur de quitter ton monde pour venir dans celui-ci et ça me plaît. Tu es conscient cependant que je ne puis te donner Cerbère ?

– Naturellement, réplique Hercule. De ton côté, tu connais mon histoire ?

– Oui, oui, ces dix travaux que tu dois à ton cousin.

– Dix travaux qui sont devenus douze, précise Hercule. Et j'en suis à mon douzième, ajoute-t-il.

– Que tu ne pourras accomplir, je le crains, dit Hadès.

– Hadès, je ne veux pas me battre, je veux juste me libérer d'Eurysthée et j'ai une proposition à te faire.

– Je t'écoute.

– Concluons un marché. Tu me confies Cerbère le temps que je le conduise à Tirynthe. Eurysthée sera tellement terrifié qu'il n'aura qu'une envie : le voir retourner d'où il vient au plus vite. Je le relâcherai alors, et il te reviendra.

– L'idée d'effrayer ton cousin, qui a eu le culot de t'envoyer ici, me plaît assez, sourit Hadès. Je suis d'accord, si tu réussis à soumettre Cerbère sans aucune aide.

– Merci, Hadès. Je réussirai.

Protégé par sa peau de lion, Hercule surprend Cerbère et enserre son cou de ses mains jusqu'à ce que l'animal étouffe. Alors seulement, il desserre son étreinte. L'animal est dompté. Hercule détache la chaîne qui le retient au rocher et entame avec lui la lente remontée vers la terre des hommes.

Quand Eurysthée apprend qu'Hercule est de retour – même des Enfers ! –, il se précipite dans sa jarre et prend cette fois la précaution de la fermer avec un couvercle.

Pas un de ses cheveux ne dépasse au moment où Hercule fait irruption avec, en laisse, le chien aux multiples têtes.

– Sors de là ! tonne Hercule. Regarde au moins ce que tu m'as demandé !

– Pas la peine ! Je te crois ! gémit Eurysthée.

– Qui me dit que tu ne vas pas prétendre ensuite que j'ai menti ? insiste Hercule tandis que toutes les têtes de Cerbère se mettent à aboyer.

– Non ! Non ! Je te promets ! Renvoie ce chien d'où il vient.

– Nous sommes d'accord, alors ? J'ai accompli les travaux que je te devais ?

– Oui ! Oui ! Nous sommes d'accord ! Tu ne me dois plus rien !

Hercule éclate d'un rire sonore qui fait trembler la jarre et Cerbère, excité, aboie six fois plus fort. Eurysthée se bouche les oreilles et se recroqueville dans sa cachette. S'il pouvait disparaître !

Hercule libère le chien aux multiples têtes et lui donne une tape sur le dos.

– Va !

Le chien s'enfuit en bondissant, semant l'effroi sur son passage. Il sait comment retourner aux Enfers !

Hercule s'approche de la jarre, jette le couvercle au sol d'une chiquenaude et lance :

– Tu peux sortir à présent !

Il tourne les talons avant qu'Eurysthée ait le courage de risquer un œil au-dehors.

Hercule quitte la pièce, le palais d'Eurysthée, la ville de Tirynthe. Il s'étire sous le soleil, contemple le vaste monde qu'il a parcouru, se souvient des rencontres qu'il a faites et des merveilles qu'il a vues.

Il se rappelle les paroles du prêtre de Delphes: « Tu n'oublieras jamais que tu as tué ta femme et tes enfants… » Le prêtre avait raison. Ceux qu'il aimait sont toujours présents dans la mémoire d'Hercule, mais il a appris à vivre avec leur souvenir. Il a appris aussi qui il était.

Un sourire se dessine sur son visage tandis qu'un cri de victoire jaillit de sa gorge.

Il est un homme libre.

POUR EN SAVOIR PLUS SUR

L'HISTOIRE DES TRAVAUX D'HERCULE

L'histoire des travaux d'Hercule appartient à la mythologie grecque. On connaît la mythologie grâce à des textes, des monuments, des statues, des vases et toutes sortes d'objets que l'on a retrouvés. Est-ce que cela signifie que l'histoire des travaux d'Hercule est une histoire vraie ? Pas si simple...

Comment connaît-on l'histoire des travaux d'Hercule ?

En partie grâce à des textes.

Ces textes ont été écrits par des auteurs qui ont vécu il y a très longtemps, comme Homère, Hésiode, Apollodore ou encore Ovide. On connaît aussi cette histoire grâce aux peintures des vases grecs qui montrent, par exemple, Hercule avec sa massue et vêtu de sa peau de lion, ou Hercule combattant l'hydre de Lerne ; ou encore à travers les sculptures des temples qui racontent les exploits d'Hercule, comme les bas-reliefs du temple de Zeus à Olympie.

Qui est Homère ?

Un auteur grec. Il a vécu au milieu du VIIIe siècle avant J.-C.
On pense que c'est lui qui a mis par écrit le récit de l'*Iliade*, qui raconte un épisode de la guerre de Troie. Dans ce récit, il évoque Hercule à plusieurs reprises, et notamment les circonstances de sa naissance.

Qui est Hésiode ?

Un auteur grec. Il a vécu à la fin du VIIIe siècle avant J.-C.
Dans *Théogonie*, un récit qui raconte l'histoire des dieux, il parle de la naissance d'Hercule, de Géryon, le géant à trois têtes, de l'hydre de Lerne et du lion de Némée.
Dans un autre texte, *Le Bouclier d'Héraclès*, il revient sur les circonstances de la naissance d'Hercule.

Qui est Apollodore ?

On ne sait pas vraiment !
On sait qu'un Apollodore d'Athènes a vécu au IIe siècle avant J.-C. Longtemps, on a pensé qu'il était l'auteur de *Bibliothèque*, qui regroupe de nombreuses histoires de la mythologie grecque.
Mais aujourd'hui, on pense que les textes de *Bibliothèque* ont plutôt été écrits entre le Ier et le IIIe siècle après J.-C. par un inconnu à qui on a donné le nom de « Pseudo-Apollodore ». L'un des textes de *Bibliothèque* raconte les travaux d'Hercule.

Qui est Ovide ?

Un auteur latin.
Il a vécu à la fin du Ier siècle avant J.-C. et au début du Ier siècle après J.-C. Il évoque Hercule dans *Les Métamorphoses*.

Qui est Hercule ?

Un héros grec de Thèbes, la ville où il est né ; mais aussi de l'Argolide, une région de Grèce, car il est un descendant de Persée qui régnait sur Tirynthe, l'une des villes de l'Argolide.
Hercule est le fils de Zeus et d'Alcmène, l'épouse d'Amphitryon.
Zeus voulait un fils valeureux, capable d'accomplir de grands exploits, et il choisit Alcmène pour lui donner la vie.
Alcmène était sur le point d'accoucher quand Zeus annonça que le premier descendant de Persée à naître deviendrait roi de Mycènes. Héra, l'épouse de Zeus, était furieuse d'avoir été trompée par son mari. Elle accéléra la grossesse de Nicippé, la femme de Sthénélos, un fils de Persée. Nicippé donna naissance à Eurysthée, qui, né le premier, hérita de Mycènes.

Hercule s'est-il toujours appelé Hercule ?

Non.
À sa naissance, il reçoit le nom d'Alcide. Quand il va à Delphes après le meurtre de sa femme et de ses enfants, la Pythie, ou grande prêtresse, lui donne le nom d'Héraclès, devenu Hercule dans notre langue.

Est-ce qu'Hercule a existé ?

Non, sûrement pas.
Mais la plupart des lieux où il est allé existent et Hercule est souvent considéré comme un héros civilisateur. Par exemple, l'hydre de Lerne représente peut-être les marais de cette région qui provoquaient des maladies chez les hommes. Quand Hercule tue l'hydre, cela signifie qu'il assainit la région, permettant ainsi aux hommes d'y vivre dans de meilleures conditions.

Où Hercule réalise-t-il ses six premiers travaux ?

En Grèce, dans le Péloponnèse.
Némée, Lerne et Cérynie sont des villes du Péloponnèse. Érymanthe est le nom d'un massif montagneux. Les écuries d'Augias se trouvaient près d'Olympie, là où coule l'Alphée. Le lac Stymphale est situé dans les montagnes, non loin de Némée. Tous ces lieux existent toujours.

Qui est l'hydre de Lerne ?

La fille d'Échidna, un être moitié femme moitié serpent, et de Typhon, un être monstrueux doté de cent têtes de dragon.
Échidna et Typhon ont eu d'autres enfants, dont certains ont eu affaire à Hercule : le lion de Némée ; Cerbère, le chien des Enfers ; la Chimère, qui possédait une tête de lion, une tête de dragon et une tête de chèvre.

Qui sont les centaures ?

Des êtres mi-homme, mi-cheval.
Les centaures sont les fils d'Ixion. Ixion courtisait Héra, l'épouse de Zeus, et Zeus était très mécontent. Il créa une grande nuée et lui donna l'apparence d'Héra. Ixion s'unit à cette nuée, qui donna naissance aux centaures.
Habituellement, les centaures sont brutaux, bagarreurs et ils n'ont aucune éducation. L'un d'eux, Chiron, est différent. Il n'aime pas la bagarre et il est savant et cultivé. Il sera le tuteur de plusieurs héros.

TABLE DES MATIÈRES